與海無關

博洋

疑惑之年

與海無關

清朗的日子寫下視線所及

嗯！

疑惑之年

致L：

一個人旅行
色調該是什麼樣子
時序還未染色
三月仍在尋找夏天
就像於人海中
尋覓你一樣

酒吧單身男子

W：「別喝醉就好，
喝醉感覺你的心事特別多。」

三十歲的某個夜晚
發現一個人生活就像藤蔓

不知不覺爬滿
斑駁破碎的日常
厭惡這樣的日常　厭惡
自己習慣這樣的日常

努力試著像
孩子　對世界充滿幻想與期待
模仿蹣跚的步伐

祈禱磕磕絆絆之後
還能真誠的笑出聲來

何時黎明已不再溫柔
提醒西裝與領帶是
活著的偽裝
筆直沒有皺摺 一如無夢的睡眠
需要自欺欺人來熨燙

三十歲的某個夜晚
你決定任酒精
催眠於每一個必須遺忘卻
記住的瞬間
仍清醒的祝福
所有相遇的陌生人

別說話了
因爲三十而立的
男人、喝醉的你
心事總是特別多

加班

我們有天都會突然發現
原來早已學會
如何踏著城市的星光回家

聽故事

喜歡配酒聽故事
路過陌生的人生
聯繫也許如水窪很淺也許
如海一樣深
偶爾傷心著一個人傷心另一個人

迷茫也是好事
清醒之後往往更加堅定
嘿！我在這裡
我在這裡

逝去

許久沒有寫信給你
閃爍的星子是時間深深的哀愁
夜涼如水、如寂靜泅泳
困在街燈下的影子再怎麼伸手
也搆不著遠去的秋季

秋季是詩人的季節
自從你那領悟了咒語　痴痴的學子
才脫下制服
任由花草樹木成爲肆意的煙火
綻放成驕傲的字跡

但字跡蒼老
流光仍遠
煙火消散後
遺留下的只是
曾經青澀而
年輕的我

年少時

年少時
總覺得日子很慢
並不留心窗外的景色
晴空還在　大海也在
青色的煙花凋謝之後

不耐煩的等待
另一個夏季

如今
日子越來越短
街口的花沒活過冬天
夜晚依然恣意生長蔓延長長的話語深深的信
有人尚未擱筆無可避免地明白

愛與被愛對你是奢侈品
而已

致L：

凌晨三點為何還有車在路上
時常思索這個問題的
我　明白和紙屑一樣

職業病

聽到電話鈴聲就想接
換上包裝過的聲音
就像登台表演　需要
化妝

聚會聊天本該放鬆
總是想
知道對方職業
有沒有車子房子

回家
有帶鑰匙仍然
按了門鈴　原來

這不是公司門鎖

抽菸只在上班日　如果
接到電話或訊息
肺也要跟著
一起加班
獨自喝一杯

負債累累、淨值爲負的酒
用微醺掩飾
即使對面沒有顧客或長官

睡前想著明天
明天的行程總是漫漫
漫漫的會議報告與約訪
別忘了　帶上貪心談心

日子是直行的列車過得很快
也很慢
撥款與獲利總在趕路
薪水基本準時

我愛你

卻總是誤點

閃到腰

扶我一把　好嗎
歲月不知不覺
使人疼痛
若能站起來就是全部了

丟下我後
記得不要回頭

點菸

計算今天點了多少支菸
如此無意義的事情　每天
都在發生

第一支

熟練地創造火光
微微側身擋住風
就像曾經

第二支
間隔五分又十秒
沒有想抽
只是擔心第一支孤單

第三支

味道沾染領口
別太靠近
因爲我也如此厭惡

第四支

時間咳嗽

安靜的僅有自己聽到
這樣也好

第五支
菸灰逃進眼睛
不論隱匿的多深、多深、多深……
沒人的時候會被找到

第六支
煙盒折痕顯得懷舊、破損
如生活的缺口
大衣口袋遺留一點點菸草

第七支
溫度有多高呢
思索著這般無聊的問題

任它自顧自的燃燒

計算今天點了七支菸
像點火柴的小女孩
如此無意義的事
每天都在發生應該只是因爲
寂寞

致L：

我對捐血無能為力

醫生檢測血液成分如下：

酒精90%

其餘是無以名狀的憂傷

夜行動物

白色陌生人探詢
是否酒量還不錯
心虛的點點頭
習慣了黑暗

濃度無意成入睡的量尺
夜晚的長度不斷延伸

一隻夜行性動物

五月是吃土的季節

五月
我們獻祭，爲此
衆人必須匍匐在土壤上進食
但他們將牲品藏了起來

假裝營養不良的樣子
宴會持續於新蓋的倉庫裡

他們施捨些微酒肉
祭司們熟練地祈禱、卜卦、窺探預言
運算出再次逃離睡眠的路徑

明白他們終將忐忑的清醒

但依然無法確定
是否都能安穩入眠

而立

他的白襯衫總是燙得筆直
台北的街道也是
領帶的花紋一如林森北路的霓虹
穿過眼睛　繁華的喧囂仍肆意妄爲

上衣口袋裡的鋼筆簽署年輕的合約
理想流連於鬧區與酒吧
三十歲的西裝發酵
黎明釀成黃昏再釀成黎明

他抽一口台北清晨
編織淡淡菸草味道的日光
路口的永和豆漿　燒餅與油條

飢餓了他的鄉愁
不知何時他不再寫詩
熄燈的誠品書店是他年少的日記

他想起曾經無依無靠的
日子　追著公車與捷運
校門口的女孩是否還在　等
他持續添加頭銜的名片

有天能撥下星子
手裡有光

他的口袋總有寂寞
無眠的城市仍在趕路如一場漫長的公路電影
結局總是別離

三十而立

他學著於沒有星光的夜晚
不再被弦月割傷

致L：

也曾經把鉛筆削尖
於深夜的邊緣
學習刻下美好的句子
如今筆觸柔軟
遺留下日子的碎片

相信星光離去之時
會有靈感安慰
我們
仍是值得被愛的人

與海無關

致 L：

願意看一整天的海

並輕輕向你訴說洋流

最深處的秘密

存在

有時候也會想
如果喝醉與否是選擇題
清醒是刻意答錯吧就像　強調
自己存在一樣

生活如玻璃細碎難眠
痛醒了夢之後
將安眠藥當成牛奶也情有可原
告誡情緒要短
畢竟西裝領帶皮鞋鋼筆名片的日子總是太長，夜晚總是太長

去了習慣的酒吧
熟門熟路點一杯一如往常

昏暗的光在杯子裡愉悅跳躍
冰塊消逝更顯憂傷
恍惚之間和陌生人交換過往
證明活著的痕跡，即使

仍無法向你
理解我的存在

如此簡單
渺小的問題

這個城市像海

這個城市像海
你偶爾喜歡跑到高處
等待燈火翻湧

你說：「夜晚總有危險。」

即使是長大的平安夜
但願意不切實際相信
遙遠的禮物
會安靜到來

有人說：「這個城市像海。」
海面上有忙碌的光

浪花日復一日持續迷茫
你是迷路的星子
正追逐平安夜麋鹿的尾巴

臨時休假

他的夢還未清醒就被迫消散
清晨六點光線偏移緩慢、柔軟與安靜
心底的獸還想賴床，不情願洗漱開始陳舊的犄角
眼眸灰色如許多日子

軀幹的末端多了幾道傷痕
累了的他決定自千篇一律的路口轉往另一個方向
穿越恣意生長的高樓之時
溫柔小聲地說：「不痛、不痛，不痛。」

手機在左胸口袋不安的躁動
「需要重新抄寫日子。」
穿透盆地之時留下這樣的訊息然後關機

害羞而美好的句子寫在陳舊的筆記本
（即使不再熟練書寫）
待漂流至陌生的遠方後拿出來重新閱讀

決定去看海

眼光不斷拉伸延展成銀色拋物線
視線所及船與黃昏從海的背面都輕巧地勾了過來

是風和身體的夾角改變的緣故
久違的感到渴，雨合適的落了下來
與心底的獸一起梳理羽毛（或是硬化的鱗片）
撫摸細小尚未結痂的
傷口　某些於夜裡發光

活著多年才明白銀河如何生長
心中的獸叼起流浪的玻璃瓶

將這個秘密藏入瓶中
任由犄角頂起　拋出　再次流浪
願意相信會有一頭陌生的獸拾起
再藏入另一個秘密

夢依然尚未清醒被迫消散
於每一個清晨六點
但對重新熟悉抄寫日子感到安慰

如犄角拋出的秘密，偶爾
賴床的獸一樣

致L：

許久沒陪伴夜晚的海
還記得嗎？
星星仍是凝望你時
我喧鬧的眼睛

舊情書

歲月如列車持續前行
但不曾查票、停靠、檢修

年齡與鐵軌一同延伸驚覺日與夜的間隙越來越小
寫一封信給你抱怨星子閃爍的瞬間都顯得冗長而擁擠　你說

擁擠是台北的日常

日常從盆地邊緣升起
傾斜如早餐的黑咖啡
點根菸只抽一口便任煙霧恣意生長
越過城市不斷長高的天際線直到
遺忘苦澀與菸何時
相戀　卻始終記得某個夜晚

偷偷將繁忙的星光收進口袋
沒有歸還

歸還沒有期限
一如將青春遞給了你以後
不停的向記憶中遙遠的
紙條　制服　陰霾騎樓　陽光普照的巷口申請展延
突然學會了拋物線般憂鬱的咒語

一端連結著島嶼海岸一端
是閃電鑿出生活的缺口

缺口堅決擴張　海岸暮色猶疑
浪花再次碎裂是東北季風穿越深邃的目光化爲
銀鹿　奔向你心心念念的遠方
遠方其實抽象、溫柔
如同你搭上駛向異鄉的列車
寫信告訴我台北的日常

離人

總是說著下次再約吧
訊息取代聲音取代臉龐太久
偶而從酒吧回家的路上
看著櫥窗映照疲倦的身影認真回想
是晴天、雨天、春季、冬季

清朗早晨還是深沉的夜呢？
記憶不經意於眼角凝結
太熟悉的街道也開始搖搖晃晃
就像從少年到青年到現在的路
但已經不是受傷能笑著說：「沒關係！」的年紀了

受傷也好、難過也罷
懷念起揹上行囊說走就走

讓未知的夢化爲現實的日子
如今再試著邁開腳步前
僅僅只是揮手道別這樣簡單的事情
不明白其中涵義的我們總是
離人很近
離心　　　　　　　　很遠

致L：

你離去以後才發現
也許徒勞追逐的
不僅只是海與夕陽

看海

翻山越嶺不再困難
穿越城市邊緣
於每一個豁然開朗的午後
將旅途寫成短信

岔路是恰到好處的逗號
任風吹散後重新排列說不出的
話語延伸、再延伸心中所望直到
空無一人的海岸

最好是沙灘
岩岸太滑似生活難以站穩
不願青苔又爬滿雙腳

即使習慣跌倒了
再一個人爬起

於是眺望太深的遠方，看海
一個小時、一天、一個月、一個四季，甚至
一輩子

翻山越嶺不再困難

海浪不厭其煩的提醒
卻始終解不出
如何留下
兩行腳印的謎題

於是很少人寫信了

日子如步伐漸緩
許是打包過多瑣碎的小事
當第三十聲蟬鳴穿透窗戶
記得寫封信回去

很少人寫信了吧
疑問收藏在乾淨的午後
巷口不起眼的小書店還在
前往翻找遺留下的信紙
黃昏此刻正好
與歲月形成斑駁的夾角

夾角成爲尺度丈量

信的內容　句子的長短　情緒的厚薄
睡眠的深淺　翻身的次數　夜的往復無爲
但很少人寫信了
想得太多而表達的少
無法下定決心擱筆
只於每一次星星墜落以後
撿拾松木桌角遺留淺淺的夢

於是信裡沒說的
埋藏於藍綠色膠囊裡
習慣了　雨天也不恐懼
照常拜訪城市樹洞中白色的陌生人
講一些微不足道的　例如
看了幾本書鉛筆削了幾次喝了幾杯咖啡數了多少隻羊
走了多少路遇見哪些人
聽了幾首歌買了好看的衣服

有些美好的邂逅　哭了
多久之類的
小事

於是信裡沒說的
堆積如菸盒疊起秘密的城堡
刻意地將淡淡煙草味黏附筆尖
提醒生活不是童話　故事

時常如危樓傾倒

於是信裡遺留的
殘骸　小心翼翼地
從二坪房間穿越城市邊緣
倒入久違而熟悉的深深深深的海
卻始終無法得知

海的背面有沒有人在等待
於是很少人寫信了

羨慕

羨慕有的人笑
哪裡有他就有陽光

羨慕有的人哭過
城市就下起了雨

不在意人們有沒有帶傘
是不是假日

羨慕有的人生氣
就像煮一壺安靜的水
自己沸騰
再自己冷卻
也不說給誰聽

更羨慕有人
將自己挖成一顆空心的樹
可以忘了怎麼去
開花葉落忘了如何
去愛
每一個路過的人

習慣

習慣早上七點半的鬧鐘
習慣方框眼鏡與領帶
早上的咖啡總會持續到中午
習慣午餐缺席或遲到
工作時記得不卑不亢

習慣眼神
要有光

不讓自己習慣下班塞車
不要習慣逆來順受
不習慣一直穿著盔甲
你知道夜空很深很深很深
明明能觸摸銀河

太重卻令人很難飛翔

習慣了一個人用餐
習慣了假日單獨的騎行
口香糖與平交道
引擎的低鳴　柏油路的溫度
習慣遠行
我明白的，真的

之後就更加決定
願意看海成爲一種習慣

致L：

習慣看海以後
一個人的遠方都像是太深太長的浪　從此
擔心起地上的星光
是否熄滅

與海無關

日子恆常
開始心繫晴雨
不知何時著迷於追逐
夕陽與星光

目光之外遙遠的海的背面
還有什麼呢？
不禁思索距離和時間是相同的謊言
有時一公分就像一光年一樣長
人爲的刻度更顯憂傷

羨慕好久、好久以前
道別是深深的約定

信紙泛黃，字跡潦草
珍重再見是情感的咒語
修飾沉沉的離途

習慣陷溺於孤身的海岸
撿拾浪花與昨夜未盡的夢
重新拼湊話語　暗示　象徵
成爲一封長長的信

精準丈量日落、歲月與銀河的夾角
當咖啡與牛奶交融
鬆餅披上糖霜的嫁衣
直覺寫下每一段描述你
美好的句子

發現快樂與悲傷如此相似

而距離仍在

時間仍在
即使始終明白所有的嘆息
與海無關

島

你成爲所在的島嶼
有時擁抱猛烈的熱帶氣旋
你不清楚自身溫柔
承接了過多雨水
風暴離去後

於另一片大陸上
消散爲清朗的呼吸

而你的溫柔決提至土壤龜裂仍未止息
你終究成爲了所愛的那座島嶼

致L：

所有的堅持都像海浪
讓她不厭其煩的安慰我們
沒有嘆息
只是
深深深深的呼吸

清朗的日子寫下視線所及

致L：

最近總是不經意地

仰望夜空

發覺生活的夾縫太刺眼

星星都躲了起來

入秋

時近九月
失眠的日子入侵成爲身體的一部份
可能是夕陽太早到來
影子無聲無息更靠近太深太遠的海
憂心午後雷陣雨將樹葉擊落

而季風未至
領口的鈕扣掉了也無法縫補
不靈巧的手就像與人相處一樣
困難

許是威士忌始終清醒
酒吧卻太早打烊
凌晨四點的街燈被黑暗吞噬

搖晃似十二級浪的船
不斷重複倒出苦澀的浪
拼命的不讓自己翻覆朝目標航行

終於決定
預約一個溫柔的陌生人
鵝黃燈光等待每個故事
耐心拼湊說不出話的時間

就像跌倒之後
仍能將鬆掉的鞋帶重新繫上
祝福每一個有故事的人

騎車

太輕的日常
油門成爲風的鑰匙
偏移的身體如是說：
「長不胖也不是我願意的！」

我從來沒有胖過

似乎一直很瘦
但明明記得曾經胖過

可能是因爲某天
被點燃成一根蠟燭才知道

不是從來沒有胖過
只是持續消瘦

震央

試圖找尋紛亂的根源
ＩＧ捎來表情與冷冷的細明體
卻從來讀不到你的消息
許是對活著這封無比簡單卻又無比困難的長信
失去

讀出聲音的能力
無意義的字串瘋狂溢出
（沒有撥出的電話
號碼成爲謎底
隱匿於螢幕的對面）
奢望留下
一點印記或者存在的證明

餘震早已麻木
新聞報導震央之前
我早就明白是
你搖動了整個世界

乳糖不耐震

有些事情太突然
例如地震、意外、受傷、難過
或者一眼望去
只看得到你

震央總是很深很遠
櫃子裡的詩集先被搖醒
不甘寂寞散落如一片片撕碎的花瓣
新聞永遠遲疑
而心跳不會
加快的節奏使人暈眩
臉有點紅

這樣的震動不規律的持續
像做壞事般怕人發現
只好趕緊離開
假裝關心冰箱的牛奶
有沒有倒翻

因爲乳糖不耐震

兔子的巧克力

不鏽鋼的樹洞總是繁忙
載運各式各樣心事
進進出出的動物們
禮貌的和彼此點點頭
眼神飄散

不習慣說話
某天一隻兔子跳了進來
遞出巧克力給落單的獸

「給你。」

（懷疑是不是迷路了　零食是藏在
圓圓白白的臉頰裡面嗎？）

用食物打交道的兔子可能
也不習慣說話吧

良久以後
獸開心的
發現自己錯了

致L：

影子發出了聲音
黏在陽光消逝的歧路
和流浪的喵喵
相依為命

喵

喵喵許久
偶爾抬頭仰望
星空其實是我的肉球

過敏

五月
春之貓尾掠過

沒忍住的嘆息
嚇到了路過的旅人

感到抱歉告誡
自己不要打擾到別人喔！

因此，要用力　眨左邊的心
右邊就安靜地若無其事

別擔心僞裝會被拆穿
因爲沒有人　在想念

好多

一直以爲好多是好的
例如金錢、朋友、零食與酒

離開你後發現好多是個反義詞
眼淚、回憶、寂寞與酒

不甘心誤解了許久
所以賭氣地將巷口的流浪貓取名壞多

壞多是壞的嗎？
壞多照常和我討罐罐

下輩子要當一隻貓

下輩子要當一隻貓
我的毛光亮　柔順　不可一世
瞇著眼爲自己洗澡澡
不要趁機偷看私密的肉球

下輩子要當
一隻貓
腳步靈巧無聲
像季節一樣悄悄走近
霸佔窗台　桌角　軟軟的床鋪
都是我的我的我的

下輩子要當一隻

喵

記得把食物放好等著我去狩獵
喜歡水不喜歡牛奶
胖了是錯但餓著了更罪該萬死

下輩子要當喵喵
打一個長長的哈欠
尾巴甩呀甩就一個下午

再抱著我入睡
下輩子記得喔
是下輩子我是你的
喵喵

清朗的日子裡寫下視線所及

分不清東南西北的女孩
夕陽沉在右手

貓的翻身　雲的散去
酒瓶因年紀而空

遺失的文化幣
換來了幾次別離

雨落在身後
開門就看見銀河
清朗的日子裡寫下視線所及
收集陌生人的筆跡
願成爲指引　即使

深夜猝不及防
她　仍能辨識星光的方向

七夕

願為你繫上銀河
流光被弦月勾起
喜鵲是寫滿信紙的隱喻
讓空缺的心房解謎

致L：

光影的隙縫裡
觸摸季節沒藏好的尾巴
像貓一樣
你看了看我
悄無聲息的離去

嗯
！

致L：

也想摘一顆星星
放進口袋
在夜晚太深的時候拿出來
去安慰每一個人

銀鹿

目光再次成爲銀鹿
犄角所及
是未曾消散的黃昏

攀爬到山頭的巨岩

曾經滑順的皮毛是污泥的畫布
活著從來都不怎麼容易
傷口還未結痂就繼續受傷

試著不發出嗚叫
所以跪著
將打磨光滑的鹿角埋進土裡
希望淚水開出另一朵溫柔的花

溫暖的季節應該到了吧

但雲層總是很厚令人迷惑

光線推移、推移、推移……

等待　卻是不能說的

從來沒向任何人訴說一個秘密

那天夕陽其實未完全隱沒

因爲心底明白我們看到的
始終不會是同一片
星火

星子

我們都是感情豐富的星子
降落於不知名角落

化身爲風
穿越車站、幹道、巷弄與無數擦肩而過

倦了便駐留某個溫柔的窗口

也許幸運地
觸摸到遙遠海潮軟軟的呼吸，也許
看著依偎與擁抱
也許聽到誠摯而堅定的祈禱

我們總是耀眼卻溫和

不去叨擾陽光灑下
如櫻花靜靜的開、再輕輕的落
等待夜晚
等待也是好事
就像終於等到男孩與女孩同時回頭
平交道沒有火車經過
如此的小事

都使眼光躁動婆娑
因此深夜的我們總是
不斷閃爍

雨季

沒躲過
烏雲肆虐的午後

雨天
是六月
信紙上模糊的字跡

潮濕寄生於桌角
底下放株盆栽盛滿夜晚
白晝再將它擰乾

日子往復
午後將傘送出
擔憂仍有人著涼

不需體諒
了解終究是
躲不過
自願
走入成
連綿的
雨季

黃昏融化以後

黃昏融化
以後日子生長如一首長詩

懷疑曾經年少的
也於清朗的夜

輕易地舉起銀河
披上遙遠星光成瀟灑的
銀鹿　如今僅有
眼神穿越回憶不斷延伸尋覓清澈而親近宇宙的湖泊

湖泊深邃遙遠倒映日常
藍色高塔與黑色街道
頑固開花的樹、互相依偎的郵箱

敍事歧路只在夜晚用氣味書寫
假裝意外跌入熟識的溪流
溪流絢爛暈眩流光
身影躺下如邊界的盆地連綿
閃電自缺口指向心中
埋藏倔強的鹿角

倔強來自呦呦

低鳴　溫柔堅定地穿透心底
並收斂於無數個
黎明以前

無以名狀是憂傷的藉口

想寫一首詩給你
像陽光模仿著你堅定的語氣
不整齊的文字是努力
綻放的花朵　羞澀
無比真誠地感受你的城市

天氣　季節　公車與捷運的人潮

想寫詩給你
於每個慵懶的星期一早上
字跡都顯得擁擠
似你的眉間　蜿蜒
安靜的情緒匯聚成一條輕淺的河流從不乾涸
卻擔憂每個雨季的夜晚

沒有海洋能去承接氾濫的雨水
即使如此隱匿而溫柔

無以名狀可能
不會是憂傷的藉口
因此寫一首詩
給你

盼望成爲支流連接整個時代
我和你之間的　　　　　距離

痊癒

感染的距離是幾光年呢

抱著疑問的我

病了

將我推開的你
好了

角落——記環南舊公寓

四條河流
十六個星座
一百二十句咒語
繞了一圈又一圈

誰在秘密裡迷路
誰在迷宮裡流浪

往返

橋上機械的馬匹喧嘩而過
總會疑惑尤其　光衰弱的時候
陳舊的是橋還是生活呢？

報紙照片賦予瀑布的意象

實際更像往復滾動的小石子
無時無刻順流逆行奔騰於日夜之縫隙
漂流中碰見的每塊石頭
都要明白碎裂的意義

日常偶爾破碎　高樓生長是安靜的煙火
於是試著在裂開的馬鞍上找回年少時書寫的姿勢
思緒飄蕩，紙筆難尋

曾經驕傲的馬蹄聲流浪於書店街角
孤獨國度早已遺失
發覺夜空中有些星子
墜落

有盞街燈悄悄老去

城市蔓延如迷宮
臉龐亦開始迷路

說早安的時候才受到驚嚇
即使依然想問：「錯過的
岔路，還可以選擇嗎？」
不再忽視某些要轉彎兩次的路口
黃昏以後愈加決定輕輕拉扯
歲月抽緊的韁繩　不再
將奔跑作爲錯過的藉口

黃昏自橋上而過
光衰弱的時候觸摸口袋深處
香菸保持清醒
牛奶糖早早熟睡
目光所向，盆地邊緣擦出星火
照亮往返的方向　也許
就不再受傷

嗯！

練習說話
練習藏匿所有眼淚
回到房間模仿貓的模樣
躲在虛構的紙盒裡
學會寫詩　或是

聽一首歌聽到厭煩
撥一個永遠記得的電話號碼
接通之前就掛斷

像海浪碎裂
繼續喝酒也繼續失眠
電腦螢幕成爲火堆
三坪房間是陌生的曠野

頭髮緩緩結了霜
意識到下雪的日子正在靠近
裝的越堅強就越相信
童話故事裡的咒語
是一種可以實現的諾言

嗯！
終會有人變出一把傘
從城市邊緣的森林裡走來

好好

好好吃飯
好好睡覺不再淺眠
好好模仿貓伸懶腰
好好逛一趟街角的舊書店
好好在雨中等待放晴

好好說話
好好寫一首詩，即使
每句都溫柔地隱匿那句口是心非
好好安排一次沒有規劃的長假
好好去一個不知名的遠方
好好聽沒有人的沙灘與海
好好記得每一種花開的季節
好好讓黎明輕拍臉頰

好好牽緊自己的影子任月光去亮
好好寄一封很輕很輕的信
好好隱藏悲傷
好好呼吸似秋日的清晨
好好看一場最晚的文藝電影
好好期待明天的邂逅
好好買個禮物犒賞眞的眞的很努力的自己
好好去愛一個人

好好活著

若是吃胖好好
有時被陽光喚醒好好
喵喵突然賴在腿上好好
意外買到絕版的書好好
遠方澄澈的天空好好
睡前有悄悄話好好

唸一首詩給你、如果
可以讀到春天的熊與草原上的兔子的話　好好
或許衝動地背上行囊流浪好好
身處鬧市但不帶手機好好
仲夏夜的浪花與煙火好好
研究花語凋謝再自己開好好
向夕陽告別好好
依循星空的指引前行好好

讀一封貼滿郵票的長信好好
輕嘆如冬季的尾巴好好
學會流淚好好
一個人的電影院眞的好好
回憶昨日的意外好好
感謝自己非常非常認眞地存在好好
喜愛的人微笑好好
活著好好

好好是你
我能好好
不再害怕有人問起
相信一切都會
好好

致L：

有時候不禁相信有神

所以再一次願意去愛

那些還想對你說的——致L：

Ⅰ

夜裡想著每一條曾經繞過的遠路
弦月把青春勾了起來

2

以前總是美好
誤點也是種期待
寫一封長長的信
靜待歲月交到你的手中
思念變得遙遠
一輩子只夠一次

3

昨晚做了個夢
兔子在草原上奔跑
不小心撞到了突然出現的草叢
它摸了摸頭後
繼續奔跑

醒來後覺得痛痛的

4

我每天都反覆練習
悄悄地將冬季藏入大衣口袋
如此
你就不會冷了

5

你知道的
我不是能一心二用的人
所以柔韌如此
所以憂傷如此

6

想收藏所有的海
讓眼淚不再
無處安放

7

終於理解黑夜的到來
是夕陽追不上
你的緣故

8

夕陽始終不會明白
夜晚是多麼熟練等待

9

黃昏融化之時
旅人將歸途染成珊瑚色
希望記憶只有三秒鐘

10

也許我們只是習慣了
從此將孤單誤讀成自由

11

偶爾凝望著海的另一邊
想像雲中的城市如何美好
即使有天世界崩壞
被選中的你會帶著我的詩集
登上方舟前去

12

夜色未至
海的背面缺了一角
星子仍在趕路
就像試著親近你的我一樣

13

願成為你的海

之後

寫詩仍然是如此困難的事情。

距離《銀河倒流》出版已過五年，當時覺得非以創作維生的我，已可以對自己交代，生活也在預想的軌道上行進，並無思考下一本詩集的可能。

但我總是輕忽時間，會改變很多事與人。

有段時間流浪於深夜與黎明的縫隙，輾轉於型態、色彩各異的酒精之間，期待遇見和我一樣，習慣於隱藏情感的旅人，於魔法般的吧檯前讓情緒無限放大、擴張，並無私地交換故事與人生的軌跡，然後，在鵝黃色燈光的房間裡與白色陌生人交談。

這樣放逐的日子持續多久呢？直到某天突然發現，習慣流浪的方式變成迷路後，已駐足於不知名的海岸。安靜的凝望著海與天空的邊界，想像海的背面有沒有人和我一樣，等待日落與銀河的夾角縮小、夜晚與海的耳語、那封從未寄出，時間與歲月的信，卻不只一次的希望真的，與海無關。

出版前夕不斷的思考，之後我還能、還想寫些什麼？
願往後的日子寫下的字句都是**我們**
這是我最眞摯的念想。

國家圖書館出版品預行編目 (CIP) 資料

與海無關 / 博洋作 .-- 初版 .-- 桃園市 :
天河創思出版社 , 2025.08
199 面 ; 10.5X14.8 公分
ISBN 978-626-98280-4-3(平裝)

863.51 114008699

與海無關

作者：博洋
執行編輯：陳佳琦
美術設計：邱詩媛
實習編輯：黃芊瑜 游偉妮
行銷企劃：徐于晨 楊紫蓉 劉頤菲 歐敏萱 陳佳渝
電子書製作：游錦珽

出版：天河創思出版社
總編輯：陳巍仁
發行人：郭玲妦
社長：陳詠安
地址：320 桃園市中壢區莊敬路 829 巷 63 號 6 樓
電話：03-285-0583
信箱：milkwaybooks583@gmail.com

總經銷：紅螞蟻圖書有限公司
地址：114 台北市內湖區舊宗路二段 121 巷 19 號
電話：02-2795-3656
傳眞：02-2795-4100
信箱：red0511@ms51.hinet.net

出版日期：2025 年 8 月
版次：初版一刷
定價：380
ISBN：978-626-98280-4-3